AF394940

Ainsi qu'une flamme légère,
L'Amour fuit, meurt en peu d'instans ;
Et l'Amitié, moins passagère,
Seule, échappe à la faulx du temps.

L'AMOUR

ET

L'AMITIÉ,

OU LE

Nautonnier de Cythère,

ALMANACH CHANTANT

pour la présente année.

AU TEMPLE DE LA GAÎTÉ,
chez les Amis du plaisir.

*Cet almanach, ainsi qu'un grand
nombre d'autres, fins et communs,
Se trouve à Paris ,*

Chez JANET, Libraire, rue Saint-
Jacques, 59.

Chez MARCILLY, Libraire, rue
Saint-Jacques, 21.

A LILLE ,

Chez VANACKERE fils, Imprimeur-
Libraire , place du Théâtre , 10.

*Et chez les principaux Libraires
du Royaume.*

MA NORMANDIE.

ROMANCE.

le beau ciel de notre
France Quand le soleil re-
vient plus doux, Quand
Sostenuto.
la nature est reverdi- e, Quand
l'hirondelle est de retour, J'aime
à revoir ma Norman -

J'ai vu les champs de l'Helvétie,
Et ses châlets et ses glaciers;
J'ai vu le ciel de l'Italie,
Et Venise et ses gondoliers.
En saluant chaque patrie,
Je me disais : Aucun séjour
N'est plus beau que ma Normandie,
C'est le pays qui m'a donné le jour.

Il est un âge dans la vie
Où chaque rêve doit finir ;
Un âge où l'âme recueillie

A besoin de se souvenir :
Lorsque ma muse refroidie
Aura fini ses chants d'amour,
J'irai revoir ma Normandie,
C'est le pays qui m'a donné le jour.

LE LAIT D'ANESSE.

De ce lait précieux la bénigne influence
Me rappelle à la vie et chasse mes douleurs ;
Aux ânesses je dois plus de recon-
naissance
Q'au prétendu savoir de messieurs les docteurs.

BOÏELDIEU.

Encore une corde, Apollon,
Qui se détache de ta lyre,
Et de Boïeldieu c'est le nom
Qu'en se brisant elle soupire !
Aux regrets il faut nous livrer ;
Nous, de ses accords idolâtres ;
Dans nos salons, sur nos théâtres,
　　Il faut pleurer.

Un tombeau vient de se couvrir,
Et déjà s'ouvre une autre tombe....
Hier Hérold vient de mourir,
Aujourd'hui Boïeldieu succombe.
Ainsi la Mort, sans se lasser,
Chaque jour frappe un nom célèbre;
Et devant un marbre funèbre
　　Il faut pleurer.

Mais le génie est immortel ;
Boïeldieu, jouis de ta gloire !
Car de la Dame d'Avenel:
Qui ne gardera la mémoire ?
Ah ! ces chants que tu sus créer,

En vain nous voulons les redire :
Aujourd'hui notre voix expire :
Il faut pleurer.

PETIT CHAGRIN.

A LA PETITE ZOÉ.

AIR : *De ma Céline amant modeste.*

Pourquoi pleures-tu, jeunes fille ?
As-tu perdu ton voile blanc,
Ton bouquet, ta verte chenille,
Ou ton beau papillon d'argent ?
Console-toi ! dans la prairie
Naissent chaque jour mille fleurs,
Et volent sur l'herbe fleurie,
Papillons aux mille couleurs.

Quoi ! tes larmes coulent encore !...
Qui trouble tes jeux enfantins ?
Toi, fleur qui ne fait que d'éclore
Connaîtrais-tu d'autres chagrins ?
Ta peine est frivole, légère ;
Un mot, un rien peut l'apaiser ;
Vas, cours la conter à ta mère !
Tu l'oubliras dans son baiser.

Va donc, va, pour une âme tendre
Il n'est pas de plus doux bonheur
Qu'une âme qui la puisse entendre
Et qui partage sa douleur.
Sans ce bien, tout n'est qu'infortune,
Plaisir sans joie, ennui sans fin,
Amitié qui nous importune,
Et qui n'a pas de lendemain.

Mais lorsqu'un regard de tendresse
Vient rayonner sur nos ennuis,
C'est une barque en sa détresse
Apercevant des feux amis ;
C'est un jour pur après l'orage,
C'est un oasis au désert,
Un chœur d'anges sur un nuage,
Célébrant Dieu par un concert.

A ces mots, de la jeune fille
Les larmes cessent de couler ;
Sur sa joue, une encore brille,
Un soupir la fait vaciller.
Telle, mollement balancée
Sur la fleur qui vient de s'ouvrir,
Tremble la goutte de rosée
Au léger souffle du zéphir.

Cette leçon la rend muette,
Trop jeune, elle ne l'entend pas,

Et triste, rêveuse, inquiette,
Vers sa mère tourne ses pas.
Peu d'instans rendent oublieuse
Jeune fille à cet âge heureux ;
Aussi, consolée et rieuse,
Elle recommence ses jeux.

LA SENSITIVE.

AIR : *Allons, partez, beau page.*

BARON, d'humeur jalouse,
Partant pour un long cours,
A sa naïve épouse
Dit : « Anna, mes amours,
Fleurette, tendre éloge
Sont pièges de Satan,
S'il te tente.... interroge
        Ce talisman.
Quand sa feuille assouplie
Sous ton doigt se replie,
Cela veut dire *non*. »
Admirez la science
        Et la prudence
        Du vieux baron !

Bientôt sur la baronne
Méditant un larcin,
Autour d'elle bourdonne
Un amoureux essaim.
On lui dit qu'elle est belle,
On vante son bon cœur,
Chacun implore d'elle
          Une faveur.
Mais par sa protégée,
La feuille interrogée
Répondit toujours *non*,
Grâces à la science,
          A la prudence
          Du vieux baron.

Long-temps, près de son page,
Timide jouvenceau,
La dame, bien que sage,
Laissa la fleur sans eau.
Enfin, le beau page ose
Peindre un amour brûlant...
Sur l'oracle Anna pose
          Un doigt tremblant;
Mais cette fois la plante
Desséchée et mourante
Ne répondit plus *non*,

Nonobstant la science
Et la prudence
Du vieux baron,

Anna par un scrupule,
Après l'aveu du cœur,
Sous cet autre formule
Consulte encor la fleur :
« Sur ton muet langage
Ai-je pu m'abuser ?
Refuserai-je au page
Tendre baiser ? »
Par une douce pluie,
Rappelée à la vie
La fleur alors dit *non*.
Au diable la science
Et la prudence
Du vieux baron !

MORALITÉ.

A reconnaître un Dieu l'athée en
vain résiste ;
L'astre éclatant du jour l'annonce
aux moins instruits.
Pour moi, l'impuissance où je suis
De prouver qu'il n'est pas, me
prouve qu'il existe.

C'EST INCROYABLE.

Air de la *valse de Rossini.*

C'est incroyable !
Abominable !
M'empêcher de me rendre au bal !
Que va -t-on dire ?
Comme on va rire !
Est-il un destin plus fatal !

Alfred disait : « Quand vous serez
  ma femme,
Non, les plaisirs ne vous manqueront
  pas.
Dans nos salons la danse vous ré-
  clame,
Ivre d'orgueil, j'y veux guider vos
  pas. »
  C'est incroyable ! etc.

Je possédais des parures nombreuses ;
Briller au bal, tel était mon espoir !
A mon aspect que de belles dan-
  seuses
Je me flattais de mettre au désespoir !
  C'est incroyable ! etc.

L'hiver dernier se passa dans les
     fêtes ;
Nos cavaliers l'appelaient l'âge d'or.
Sans le vouloir, que je fis de con-
     quêtes !
Mais cet hiver, j'en voudrais faire
     encor.
       C'est incroyable ! etc.

Alfred prétend que je suis trop jolie :
Voyez l'excuse ! est-ce ma faute à
     moi ?..
Fuyons, dit-il, le monde et sa folie ;
Le vrai bonheur, on le trouve chez
     soi.

     C'est incroyable !
     Abominable !
M'empêcher de me rendre au bal !
     Que va-t-on dire ?
     Comme on va rire !
Est-il un destin plus fatal !

LES PAPILLONS.

PAPILLONS,
Aux rayons
D'un soleil sans nuage
Venez, troupe volage.
Et mêlez à mes fleurs
Vos couleurs !
Pour vous je les fis naître,
Vous le savez peut-être,
Car ici tous les ans,
Je vous vois au printemps.
Venez donc en ces lieux,
Revenez être heureux !
Papillons si légers,
Sans effroi sur mes fleurs, papillons,
voltigez !

Les iris
Sont fleuris,
Et la jacinthe embaume.
Près de ce toit de chaume,
Ce lilas est encor
Un trésor.

Mes roses les plus belles
Se paraient de vos ailes.
Hâtez-vous ! leur destin
N'a pas de lendemain.
Venez donc, etc.

          Le plaisir,
          Le désir,
Sans cesse vous agite ,
Et pour vous mettre en fuite,
Un regard indiscret
          Suffirait.
Je le sais ; mais, d'avance,
Comptez sur ma prudence !
De vos jeux, seul témoin,
J'admirerai de loin.
Venez donc, etc.

          Un enfant
          Triomphant
D'avoir su vous atteindre.
De vous s'est-il fait craindre ?
En effet, tout joyeux,
          J'en vois deux. . .
De filets redoutables
S'arment leurs mains cou-
          pables ,

Vos jours sont menacés....
Les filets sont brisés.
Mais du moins en ces lieux
Revenez être heureux !

LE PETIT RAMONEUR.

AIR : *C'est l'Amour*, etc.

ENFANS, donnez de bon cœur !
L'aumône
N'appauvrit personne ;
Enfans, donnez, de bon cœur,
Au petit ramoneur !

Naguère encor dans nos montagnes
Le ciel était brillant d'azur,
Les fleurs embaumaient les cam-
pagnes,
Je rêvais un bonheur si pur.
Mais la bise et la neige
Fondent sur notre toit :
Que quelqu'un me protège
De la rigueur du froid !
Enfans, etc.

Comme vous j'eus mainte caresse,
Ma mère long-temps m'a souri ;
A cet âge où l'on intéresse
J'étais aussi son favori ;
  Mais le Dieu que j'adore
  Bientôt l'appelle à lui;
  La vôtre vit encore,
  Prêtez-moi son appui,
 Enfans, etc.

Pour que l'aspect de ma misère
Ne vienne pas vous attrister,
Enfans, on trouve nécessaire
De me faire rire et chanter:
  Mais cette voix touchante
  Dit à l'écho lointain:
  Quand le ramoneur chante
  Il demande du pain.
 Enfans, etc.

Souvent au soir de mes journées
Je n'ai pas fait un seul repas;
Je ramone vos cheminées,
Et pourtant ne me chauffe pas,
  Mes haillons peu modestes
  De vos habits de lin
  Vous demandent les restes
  Pour vêtir l'orphelin.
 Enfans, etc.

Les oiseaux trouvent leur pâture,
Dieu la sema sur le chemin ;
Moi, pour avoir ma nourriture,
Je viens ici tendre la main ;
    Ah! si la Providence
    Vous prodigua le bien,
    A la triste indigence
    Ne donnerez-vous rien ?
Enfans, etc.

Votre paressse ici repose
Sur la pourpre et sur le duvet ;
Vous redoutez un pli de rose,
Quand une pierre est mon chevet;
    D'un lit, moi qui travaille,
    J'éprouve le refus ;
    Je couche sur la paille
    Comme l'enfant Jésus.
Enfans, etc.

Mais dois-je craindre qu'on murmure
Si je demande de l'argent ;
Vous le placez avec usure
Quand vous donnez à l'indigent :
    Un seul verre d'eau, même,
    Fourni par charité,
    Par le Dieu qui vous aime
    Là-haut sera compté.

Enfans, donnez de bon cœur !
L'aumône
N'appauvrit personne ;
Enfans, donnez, de bon cœur,
Au petit ramoneur !

ENFANT, PRIONS !

PRIONS, MA MÈRE !

BALLADE.

« Enfant, prions ! prions, ma
belle !
Le vent bat nos-toits déchirés,
Aux ravins l'eau gronde et ruisselle.
Prions, enfant ! prions, ma belle ;
Il fait nuit l'orage étincelle...
Pour les voyageurs égarés,
Prions, ma belle ! »

« Enfant, prions ! prions, petite !
Il est aussi de pauvres gens,
Sans foyers et que rien n'abrite,
Prions, enfant ! prions, petite !
Nous qui possédons un doux gîte,
Prions Dieu pour les indigens !...
Prions petite ! »

« Enfant, prions ! prions, ma fille !
Si quelque barque , sous l'éclair ,
Court les flots où la foudre brille ,
Prions, enfant! prions, ma fille !
Pour la pâle et triste famille
Assise aux grèves de la mer...
          Prions, ma fille ! »

Mais la jeune fille en prière,
Tout bas, seulement murmurait :
« Qu'Edvin, l'archer qui m'a su plaire,
« Mon Dieu, de cette nuit entière,
« N'ait garde ni vedette à faire ! »
Et, tout haut; elle soupirait :
          « Prions, ma mère ! »

PORTRAIT

DE MADEMOISELLE***,

On est frappé de sa figure,
On est séduit, par son regard ;
Mais elle sait, à force d'art,
Gâter les dons de la nature.

MON ORGUEIL.

ROMANCE.

AIR : *Restez, restez, troupe jolie.*

JE suis orgueilleux, ma Julie,
Lorsque le soir, auprès de toi,
Tu dis : Je te livre ma vie,
Tu peux la dépenser pour moi !
Je suis orgueilleux quand tu chantes
Les vers enfans de mon ardeur ;
Lorsque sur les cordes tremblantes
Tu rends des sons qui vont au cœur !
Je suis orgueilleux quand ta mère
De mes bras t'arrache en grondant ;
Et quand, pour calmer sa colère,
Tu la suis en me regardant.
Je suis orgueilleux de tes charmes
Quand un rival te fait la cour ;
Je suis orgueilleux de tes larmes
Quand te tourmente mon amour.

LE PECHÉ ET LA PÉNITENCE.

CHANSON HISTORIQUE.

AIR : *De la Robe et les Bottes.*

DANS ses vieux ans, au saint temps
du carême,
Louis quatorze en méditation,
Le ventre creux, l'œil morne, le
teint blême,
Achevait seul, maigre collation :
« Ah! disait-il, prévoyais-tu, Molière,
Que le Tartuffe un jour serait mon
nom ?...
Je dînais avec La Vallière
Et je jeûne avec Maintenon.

« Alors les arts m'entourant de mer-
veilles,
Je marchais fier; auxgrands hommes
mêlé,
Lully, Quinault me consacraient leurs
veilles,

Et Jean Racine inspirait Champmêlé.
Brillante aurore où jusqu'à Deshou-
                lière,
De mon soleil tout devint le Memnon!
    Je dînais avec La Vallière
    Et je jeûne avec Maintenon.

« Dès que j'aimai, l'Amour s'en vint
                étendre
Sur mes sujets son joug léger de
                fleurs :
Ma cour sembla le royaume de
                Tendre :
On n'y voyait que chiffres et couleurs
Divinités de grâce singulière,
Vous souvient-il des bois de Trianon?
    Je dînais avec La Vallière
    Et je jeûne avec Maintenon.

« L'Europe était tour à tour conviée
A mes festins que la foule assiégeait :
Et ma famille, hélas! trop enviée,
A mes côtés, innombrable, siégeait.
Reines et rois, ma table hospitalière
Vous recevait protégés par mon nom.
    Je dînais avec La Vallière
    Et je jeûne avec Maintenon !

« Condé, Turenne orneront mes his-
         toires :
J'allai moi-même au passage du
         Rhin.
Que de combats, que de belles vic-
         toires
J'ai fait graver sur l'or et sur l'airain!
Mais Le Tellier est mon auxiliaire :
Ne régnons plus que par le droit
         canon....
     Je dînais avec La Vallière
     Et je jeûne avec Maintenon ! »

Louis s'arrête et la porte s'entrouvre·
Spectre vivant, une femme paraît :
Austère et pâle , un cilice la couvre:
« Sire , venez : le confesseur est
         prêt. »
Le roi reprend: « Tout change; l'éco-
         lière
De Loyola fut celle de Ninon...
     Je dînais avec la Vallière
     Et je jeûne avec Maintenon !

Un an plus tard, quand sa fin était
         proche,
Le roi de France au père Le Tellier

Dit : « Quels péchés mon règne se
    reproche !...
Je vais mourir !.... Dieu les veuille
    oublier !...
Ma pénitence ici-bas journalière
Fait mon salut, que l'on m'absolve
    ou non !...
    Je dînais avec La Vallière
    Et je jeûne avec Maintenon ! »

LA FOLLE DE LA CROIX.

ÉLÉGIE.

AIR : *T'en souviens-tu ?*

Près de la croix, cette fille encor
    belle,
A l'œil hagard, au souris déchirant,
Tendre Clara! pour suivre un infi-
    dèle,
Elle a quitté le toît d'un vieux parent.
Un mal affreux la trompe et la con-
    sole ;
Son cœur flétri rêve encore le bon-
    heur...

Plaignez tout bas, plaignez la pauvre
    folle !
Mais laissez-lui, laissez-lui son erreur!

Il avait dit : « A la croix de Saint-
    Pierre,
Viens sur le soir quand ton fils dor-
    mira; »
Depuis trois ans, l'enfant dort sous
    la pierre,
Et Clara dit : « C'est ce soir qu'il
    viendra. »
Chaque passant lui rend sa vaine idole,
Son œil le suit, vers lui bondit son
    cœur...
Plaignez tout bas, plaignez la pauvre
    folle !
Mais laissez-lui, laissez-lui son erreur!

De l'oranger sur son front la fleur
    tremble
Sous les longs plis d'un vieux voile
    en lambeaux:
« Demain, dit-elle, on nous marie
    ensemble,
C'est le bouquet, le voile... ah! qu'ils
    sont beaux! »

Las! de l'hymen inutile symbole,
C'est un linceul qu'ornera cette fleur...
Plaignez tout bas, plaignez la pauvre
    folle !
Mais laissez-lui, laissez-lui son erreur!

CE QUE J'AIME LE MIEUX.

CHANSON.

Air : *Combien de fois jouant la
    comédie.*

Arriere donc ! pessimiste morose,
Dans l'univers toi qui vois tout en
    noir !
Bien plus heureux, moi je vois tout
    en rose ;
Gai le matin, je chante encore le
    soir.   (*bis*).
Chagrins, soucis, triste mélancolie,
Dans mon réduit ne pourront se
    loger,   (*bis*).
Tant que j'aurai pour embellir ma
    vie,
Aï mousseux, Lisette et Béranger.

Dans un état voisin de l'indigence,
Je fais l'amour, et je chante et je bois.
Je n'ai jamais désiré l'opulence,
Et je me ris de la pourpre des rois.
De leurs palais si brillans, qu'on envie,
J'en ai tant vus forcés de déloger!...
J'aime bien mieux, en ma philosophie,
Aï mousseux, Lisette et Béranger.

Quand la santé me devient infidèle,
Lorsque la tête ou le cœur me fait
        mal,
Ne croyez pas qu'à mon secours j'ap-
        pelle
Le médecin, cet assassin légal...
Pour dissiper la douleur qui m'ob-
        sède,
Je la combats, sans me décourager,
En employant mon unique remède :
Aï mousseux, Lisette et Béranger.

Avec regret je quitterai la vie.
Plus de ce vin qui souvent m'enivra !
Plus de chansons !.... sur ta bouche
        jolie
Plus de baisers, Lisette!... et cætera...

Mais je saurais, certes, quoiqu'il
    m'arrive,
Braver la mort... mourir sans y son-
    ger,
Si je pensais trouver sur l'autre rive
Aï mousseux, Lisette et Béranger.

L'ANE ET LE COQ.

FABLE.

Un coq, en un panier, voyageait
    sur un âne :
Dindons d'ouvrir le bec, en les sui-
    vant de l'œil.
—Est-ce donc d'aujourd'hui, s'écrie
    une faisane,
Qu'ensemble on voit aller la sottise
    et l'orgueil ?

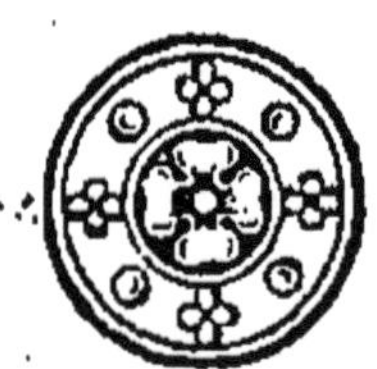

CALENDRIER

GRÉGORIEN

POUR L'ANNÉE

1836.

A LILLE,

Chez Vanackere fils, Imprimeur-Libraire,
place du Théâtre, N° 10.

ARTICLES DU CALENDRIER.

SIGNES DU ZODIAQUE.

	Septentrion.			Méridionaux.
♈ Le Bélier.		♎ La Balance.		
♉ Le Taureau.		♏ Le Scorpion.		
♊ Les Gémeaux.		♐ Le Sagittaire.		
♋ L'Ecrevisse.		♑ Le Capricorne.		
♌ Le Lion.		♒ Le Verseau.		
♍ La Vierge.		♓ Les Poissons.		

☀ Le Soleil.

FIGURES ET NOMS DES PLANÈTES.

☿ Mercure.	♃ Jupiter.	⚴ Pallas.
♀ Vénus.	♄ Saturne.	⚵ Junon.
♁ La Terre.	♅ Uranus.	
♂ Mars.	⚳ Cérès.	⚶ Vesta.

☽ La Lune, satellite de la Terre.

SAISONS.

Printemps, 20 *Mars*, à 1 h. 43′ du matin.	*Automne* 23 *Septembre*, à 0 h. 50′ du soir.
Été, 21 Juin, à 10 h. 54′ du matin.	*Hiver*, 21 Décembre, à 6 h. 14′ du soir.

FÊTES MOBILES.

Septuagésime, 31 *Janv.*	TRINITÉ, 29 *Mai.*
Cendres, 17 *Février.*	FÊTE-DIEU, 2 *Juin.*
PAQUES, 3 *Avril.*	Avent, 27 *Novembre.*
Rogations 9, 10 et 11 *Mai.*	De l'Épiphanie à la Sep-
ASCENSION, 12 *Mai.*	tuagésime, 3 *Dim.*
PENTECOTE, 22 *Mai.*	De la Pent. à l'Av. 26 *D.*

Comput Ecclésiastique.	*Quatre-Temps.*
Nombre d'or . . . . . 13.	24, 26 et 27 Février.
Epacte . . . . . . XII.	25, 27 et 28 Mai.
Cycle solaire . . . 25.	21, 23 et 24 Septembre.
Indiction Romaine 9.	14, 16 et 17 Décembre.
Lettre Dominicale. CB.	

3

JANVIER 1836. *Signe*, le Verseau. ♒

P. L. le 4, à 1 h. 13' du matin.
D. Q. le 11, à 4 h. 39' du soir. *Périgée le 14.*
N. L. le 18, à 8 h. 37' du matin.
P. Q. le 25, à 2 h. 54' du soir. *Apogée le 28.*

JOURS, DATES et Noms des Saints.			Lev. du S.		Cou. du S.		Lever de la L.		Couch. de la L.	
			H.	M.	H.	M.	H.	M.	H.	M.
1	v.	*Circoncision.*	7	57	4	12	2	9 Soir.	5	47 Matin.
2	s.	s. Macaire, ab.	7	56	4	12	2	45	6	47
3	D.	ste. Géneviève	7	56	4	13	3	31	7	44
4	l.	s. Rigobert, év.	7	56	4	14	4	25	8	35
5	m.	s. Siméon Styl.	7	56	4	15	5	29	9	15
6	m.	*Épiphanie.*	7	56	4	16	6	41	9	48
7	j.	s. Lucien, év.	7	55	4	17	7	52	10	12
8	v.	ste. Gudule.	7	55	4	19	9	5	10	35
9	s.	s. Julien, mart.	7	55	4	20	10	18	10	54
10	D.	s. Guillaume.	7	55	4	21	11	34	11	11
11	l.	s. Hygin, pap.	7	54	4	22	Matin.		11	30
12	m.	s. Arcade, mar.	7	53	4	23	0	50	11	48
13	m.	Bapt. de N. S.	7	53	4	25	2	11	0	9 Soir.
14	j.	s. Hilaire, év.	7	52	4	26	3	36	0	36
15	v.	S. N. de Jésus.	7	52	4	28	5	0	1	14
16	s.	s. Fursi, abbé.	7	51	4	30	6	22	2	3
17	D.	s. Antoine, ab.	7	50	4	31	7	31	3	8
18	l.	Ch. s. Pierre à R.	7	50	4	33	8	26	4	27
19	m.	s. Canut, Roi.	7	49	4	34	9	4	5	50
20	m.	ss. Fab. et Séb.	7	47	4	35	9	33	7	11
21	j.	ste. Agnès, v.	7	46	4	36	9	56	8	30
22	v.	s. Vincent, m.	7	46	4	38	10	14	9	47
23	s.	s. Raymond, c.	7	45	4	40	10	31	10	56
24	D.	s. Timothée.	7	44	4	41	10	47	Matin.	
25	l.	Conv. de s. P.	7	43	4	43	11	0	0	5
26	m.	s. Polycarpe.	7	41	4	45	11	21	1	15
27	m.	s. Jean-Chrys.	7	40	4	46	11	43	2	24
28	j.	s. Charlemagne	7	39	4	48	0	9 Soir.	3	30
29	v.	s. Franç. de S.	7	38	4	49	0	41	4	36
30	s.	ste. Aldegonde.	7	37	4	51	1	24	5	38
31	D.	*Septuagésime.*	7	36	4	53	2	16	6	31

FÉVRIER. *Signe*, les Poissons.)(

P. L. le 2, à 6 h. 59′ du soir.
D. Q. le 10, à 2 h. 1′ du matin. *Périgée le* 13.
N. L. le 16, à 8 h. 27′ du soir.
P. Q. le 24, à 11 h. 52′ du mat. *Apogée le* 25.

JOURS, DATES et Noms des Saints.			Lev. du S	Cou. du S	Lever de la L.	Couch. de la L.
			H. M.	H. M.	H. M.	H. M.
1	l.	s. Ignace, év.	7 34	4 55	3 *Soir.* 18	7 *Matin.* 14
2	m.	*Purification.*	7 33	4 56	4 26	7 51
3	m.	s. Blaise, év.	7 31	4 68	5 40	8 18
4	j.	s. André de C.	7 30	4 59	6 54	8 42
5	v.	ste. Agathe, v.	7 28	5 1	8 9	9 0
6	s.	ste. Dorothée.	7 26	5 2	9 24	9 18
7	D.	*Sexagésime.*	7 25	5 4	10 42	9 36
8	l.	s. Jean de Mat.	7 24	5 6	Matin.	9 54
9	m.	ste. Apolline.	7 23	5 8	0 1	10 13
10	m.	ste. Scholastiq.	7 21	5 10	1 22	10 38
11	j.	s. Séverin, a.	7 19	5 11	2 44	11 10
12	v.	ste. Eulalie, v.	7 18	5 13	4 4	11 52
13	s.	s. Martinien.	7 16	5 15	5 17	0 *Soir.* 49
14	D.	*Quinquagés.*	7 14	5 16	6 16	2 0
15	l.	s. Faustin, m.	7 12	5 18	7 0	3 19
16	m.	ste. Julienne.	7 10	5 19	7 32	4 42
17	m.	*Les Cendres.*	7 8	5 20	7 57	6 4
18	j.	s. Siméon, év.	7 7	5 22	8 17	7 21
19	v.	s. Gabin, m.	7 5	5 24	8 34	8 36
20	s.	s. Eleuthère.	7 3	5 26	8 50	9 48
21	D.	*Quadragésim.*	7 1	5 27	9 7	10 58
22	l.	Ch. s. Pierre à A	7 0	5 29	9 24	Matin.
23	m.	s. Florent, c.	6 58	5 31	9 45	0 7
24	m.	s. Prétexta 4 T.	6 56	5 32	10 9	1 16
25	j.	s. Mathias.	6 54	5 33	10 38	2 25
26	v.	s. Césaire 4 T.	6 52	5 35	11 16	3 26
27	s.	s. Alexand. 4 T.	6 50	5 37	0 *Soir.* 4	4 23
28	D.	*Reminiscere.*	6 48	5 39	1 *Soir.* 3	5 10
29	l.	s. Romain, ab.	6 46	5 40	2 *Soir.* 9	5 50

MARS. *Signe*, le Bélier. ♈

P. L. le 3, à 10 h. 1′ du matin.. *Périgée le 9.*
D. Q. le 10, à 9 h. 33′ du matin.
N. L. le 17, à 9 h. 13′ du matin. *Apogée le 23.*
P. Q. le 25, à 8 h. 33′ du matin.

JOURS, DATES et Noms des Saints.			Lev. duS.	Cou. duS.	Lever. delaL.	Conch. delaL.
			H. M.	H. M.	H. M.	H. M.
1	m.	s. Aubin, év.	6 44	5 42	3 Soir. 22	6 Matin. 23
2	m.	s. Simplice, p.	6 42	5 43	4 38	6 46
3	j.	ste Cunégonde	6 40	5 45	5 53	7 6
4	v.	s. Casimir, c.	6 38	5 47	7 11	7 24
5	s.	s. Théophile.	6 36	5 48	8 29	7 42
6	D.	*Oculi.*	6 34	5 49	9 47	7 59
7	l.	s. Thomas d'A.	6 32	5 51	11 9	8 19
8	m.	s. Jean de Dieu.	6 30	5 53	Matin.	8 40
9	m.	ste. Françoise.	6 28	5 54	0 33	9 11
10	j.	Les 40 Mart.	6 26	5 55	1 55	9 51
11	v.	s. Firmin, ab.	6 24	5 57	3 8	10 39
12	s.	s. Grégoire, p.	6 22	5 59	4 10	11 45
13	D.	*Lætare.*	6 20	6 1	4 57	0 Soir. 59
14	l.	ste Mathilde.	6 18	6 2	5 32	2 18
15	m.	s. Longin, m.	6 15	6 3	6 0	3 41
16	m.	s. Abraham.	6 13	6 5	6 21	4 59
17	j.	s. Patrice, év.	6 11	6 6	6 40	6 15
18	v.	s. Gabriel, ar.	6 9	6 8	6 55	7 28
19	s.	s. Joseph, conf.	6 7	6 10	7 11	8 40
20	D.	*La Passion.*	6 5	6 11	7 28	9 51
21	l.	s. Bénoit, ab.	6 3	6 12	7 47	11 0
22	m.	s. Basile.	6 1	6 14	8 9	Matin.
23	m.	s. Victorien.	5 59	6 16	8 34	0 10
24	j.	s. Siméon, m.	5 57	6 17	9 11	1 16
25	v.	*N. D. des 7 doul.*	5 55	6 19	9 53	2 15
26	s.	s. Ludger, év.	5 53	6 20	10 48	3 6
27	D.	*Les Rameaux.*	5 50	6 21	11 50	3 48
28	l.	s. Gontran, r.	5 48	6 23	1 Soir. 2	4 22
29	m.	s. Bertholde.	5 46	6 25	2 14	4 44
30	m.	s. Amédée, d.	5 44	6 27	3 31	5 4
31	j.	*La Cène.*	5 42	6 28	4 48	5 2

AVRIL. *Signe*, le Taureau. ♉

P. L. le 1, à 10 h. 16′ du soir. *Périgée le 5.*
D. Q. le 8, à 4 h. 10′ du soir.
N. L. le 15, à 11 h. 12′ du soir. *Apogée le 20.*
P. Q. le 24, à 2 h. 54′ du matin.

JOURS, DATES et Noms des Saints.			Lev. du S.	Cou. du S.	Couch. de la L.	Lever de la L.
			H. M.	H. M.	H. M.	H. M.
1	v.	Mort de N. S.	5 40	6 29	6 7 *Soir.*	5 40 *Matin.*
2	s.	s. Franç. de P.	5 38	6 31	7 28	6 4
3	D.	PAQUES.	5 35	6 32	8 51	6 22
4	l.	Pâques.	5 33	6 34	10 18	6 44
5	m.	s. Vincent Fer.	5 31	6 35	11 43	7 11
6	m.	s. Célestin, p.	5 29	6 36	Matin.	7 47
7	j.	s. Hégésipe, c.	5 27	6 38	1 3	8 34
8	v.	s. Albert, pat.	5 25	6 40	2 7	9 35
9	s.	ste. Marie.	5 23	6 41	3 0	10 48
10	D.	Quasimodo.	5 21	6 42	3 38	0 8 *Soir.*
11	l.	Annonciation.	5 19	6 44	4 7	1 28
12	m.	s. Jules, pape.	5 17	6 46	4 28	2 45
13	m.	s. Herménégild	5 15	6 47	4 45	3 59
14	j.	s. Tiburce, m.	5 13	6 48	5 0	5 12
15	v.	ste. Anastasie.	5 11	6 50	5 16	6 24
16	s.	s. Druon, c.	5 9	6 51	5 33	7 36
17	D.	s. Anicet, p.	5 7	6 52	5 51	8 45
18	l.	s. Parfait, m.	5 5	6 54	6 10	9 55
19	m.	s. Léon IX.	5 3	6 56	6 35	11 2
20	m.	s. Théodore.	5 2	6 57	7 7	Matin.
21	j.	s. Anselme, év.	5 0	6 59	7 47	0 5
22	v.	s. Soter, et C.	4 58	7 0	8 37	1 0
23	s.	s. George, m.	4 56	7 1	9 36	1 45
24	D.	s. Fidèle, m.	4 54	7 3	10 42	2 24
25	l.	s. Marc. (Abs.)	4 52	7 5	11 53	2 53
26	m.	s. Clète, pap.	4 51	7 6	1 7 *Soir.*	3 13
27	m.	s. Anthime, év.	4 49	7 8	2 22 *Soir.*	3 33
28	j.	s. Vital, m.	4 47	7 9	3 40	3 50
29	v.	s. Pierre, m.	4 45	7 10	4 59	4 7
30	s.	ste. Cath. de S.	4 43	7 12	6 23	4 24

MAI. *Signe*, les Gémeaux. ♊

P. L. le 1, à 8 h. 7′ du matin.   *Périgée le 2.*
D. Q. le 7, à 10 h. 58′ du soir. *Apogée le 18.*
N. L. le 15, à 2 h. 16′ du soir. *Périgée le 31.*
P. Q. le 23, à 6 h. 5′ s.   P. L. le 30, à 4 h. 9′ s.

JOURS, DATES et Noms des Saints.		Lev. duS	Cou. duS.	Lever delaL.		Couch delaL.	
		H. M.	H. M.	H.	M.	H.	
1	D.	ss. Jacq. et PH.	4 42	7 13	4	Matin 44	7 Soir 50
2	l.	s. Athanase, p.	4 40	7 15	5	10	9 19
3	m	Inv ste. Croix	4 39	7 16	5	42	10 43
4	m.	ste. Monique.	4 37	7 17	6	25	11 59
5	j.	s. Maurant.	4 35	7 18	7	25	Matin.
6	v.	s. Jean P. Lat.	4 33	7 20	8	35	0 58
7	s.	ste. Flavie, v.	4 31	7 21	9	55	1 40
8	D.	Ap. s. Michel.	4 30	7 23	11	16	2 11
9	l.	Nicolas, Rog.	4 28	7 24	0	Soir 34	2 35
10	m.	s. Antonin Rog.	4 27	7 26	1	49	2 53
11	m.	s. Gengoul Rog.	4 26	7 27	3	2	3 9
12	j.	ASCENSION.	4 24	7 29	4	13	3 25
13	v.	s. Servais, év.	4 23	7 30	5	24	3 41
14	s.	s. Boniface, m.	4 21	7 31	6	33	3 57
15	D.	s. Isidore, m.	4 20	7 33	7	42	4 14
16	l.	s. Honoré, év.	4 19	7 34	8	50	4 36
17	m.	ste. Restitue.	4 17	7 35	9	56	5 6
18	m.	s. Venant, m.	4 16	7 36	10	53	5 43
19	j.	s. Yves, conf.	4 15	7 38	11	42	6 30
20	v.	s. Bernardin.	4 14	7 39	Matin.		7 25
21	s.	s. Hospice V. J.	4 13	7 40	0	22	8 25
22	D.	PENTECOTE.	4 11	7 41	0	52	9 31
23	l.	s. Didier, arc.	4 10	7 42	1	16	10 44
24	m.	ste. Jeanne, m.	4 9	7 44	1	36	0 Soir 0
25	m.	s. Urbain. 4 T.	4 9	7 45	1	53	1 17
26	j.	s. Philippe de N.	4 8	7 46	2	11	2 33
27	v.	s. Jules. 4 T.	4 7	7 47	2	28	3 52
28	s.	s. Germain 4 T.	4 6	7 48	2	46	5 17
29	D.	*Trinité.*	4 5	7 49	3	7	6 45
30	l.	s. Ferdinand.	4 4	7 50	3	36	8 14
31	m.	ste. Pétronille.	4 3	7 51	4	14	9 37

JUIN. *Signe*, l'Écrevisse. ♋

D. Q. le 6, à 7 h. 9′ du matin. *Apogée le 14.*
N. L. le 14, à 5 h. 46′ du matin.
P. Q. le 22, à 6 h. 2′ du matin. *Périgée le 28.*
P. L. le 28, à 11 h. 6′ du matin.

JOURS, DATES et Noms des Saints.			Lev. duS.		Cou. du S		Lever delaL.		Couch' delcL·	
			H. M.		H. M.		H.	M.	H.	M.
1	m.	s. Fortuné, c.	4	2	7	52	10	44 Soir	5	7 Matin
2	j.	*Fête-Dieu.*	4	2	7	53	11	36	6	15
3	v.	ste. Clotilde.	4	1	7	54	Matin.		7	34
4	s.	s. Quirin, év.	4	1	7	55	0	12	8	59
5	D.	s. Boniface.	4	0	7	56	0	39	10	21
6	l.	s. Norbert, év.	4	0	7	57	1	0	11	35
7	m.	s. Robert, ab.	3	59	7	58	1	17	0	49 Soir
8	m.	s. Médard, év.	3	59	7	59	1	33	2	3
9	j.	ste. Pélagie, v.	3	59	7	59	1	48	3	14
10	v.	s. Landri, év.	3	58	8	0	2	4	4	24
11	s.	s. Barnabé, ap.	3	58	8	0	2	21	5	33
12	D.	s. Onuphre, ab.	3	58	8	1	2	42	6	41
13	l.	s. Antoine de P.	3	58	8	2	3	9	7	49
14	m.	s. Basile, év.	3	58	8	2	3	42	8	47
15	m.	ss. Vite. et M.	3	58	8	3	4	26	9	39
16	j.	s. François R.	3	57	8	3	5	19	10	22
17	v.	s. Avy, abbé.	3	57	8	3	6	20	10	55
18	s.	ste Marine.	3	57	8	4	7	28	11	21
19	D.	s. Gervais et P.	3	58	8	4	8	37	11	41
20	l.	s. Silvère, pap.	3	58	8	5	9	48	11	59
21	m.	s. Louis de G.	3	58	8	5	11	0	Matin.	
22	m.	s. Paulin, év.	3	59	8	5	0	14 Soir	0	15
23	j.	s. Liébert, év.	3	59	8	5	1	29	0	30
24	v.	*Nat. de s. J. B.*	3	59	8	5	2	48	0	48
25	s.	Tr. de s. Eloi.	3	59	8	5	4	12	1	8
26	D.	ss. Jean et P.	4	0	8	5	5	39	1	32
27	l.	s. Ladislas, R.	4	1	8	5	7	6	2	3
28	m.	s. Irénée, év.	4	1	8	5	8	21	2	49
29	m.	*ss. Pierre et P.*	4	1	8	5	9	24	3	50
30	j.	Comm. de s. P.	4	2	8	5	10	7	5	7

JUILLET. *Signe , le Lion.* ♌

☽ D. Q. le 5, à 5 h. 44′ du soir. *Apogée le 11.*

☽ N. L. le 13 , à 8 h. 58′ du soir.

☽ P. Q. le 21 , 3 h. 14′ du soir. *Périgée le 26*

☽ P. L. le 28, à 5 h. 56′ du matin.

JOURS, DATES et Noms des Saints.			Lev. du S.		Cou. du S.		Lever de la L.		Couch· de la L·	
			H.	M.	H.	M.	H.	M.	H.	M.
1	v.	s. Rombaut, év.	4	2	8	4	10	39 Soir.	6	36 Matin.
2	s.	Visitat. de la V.	4	3	8	4	11	3	7	58
3	D.	s. Hyacinthe.	4	4	8	4	11	22	9	18
4	l.	Tr. s. Martin.	4	4	8	4	11	39	10	37
5	m.	ste. Zoé, mart.	4	5	8	4	11	54	11	51
6	m.	ste. Godelive.	4	6	8	3	Matin.		1	2 Soir.
7	j.	s. Willebaud.	4	7	8	3	0	9	2	13
8	v.	ste Elisabeth, r.	4	8	8	2	0	27	3	23
9	s.	Les 19 Mart. G.	4	8	8	1	0	47	4	32
10	D.	ste. Félicité, m.	4	9	8	1	1	12	5	40
11	l.	Tr. de s. Benoît	4	10	8	0	1	44	6	42
12	m.	s. Gualbert, ab.	4	11	7	59	2	25	7	36
13	m.	s. Anaclet, p.	4	12	7	59	3	16	8	22
14	j.	s. Bonaventure	4	13	7	58	4	15	8	58
15	v.	s. Henri, Emp.	4	14	7	57	5	20	9	25
16	s.	N.-D. du M. C.	4	15	7	56	6	28	9	47
17	D.	s. Alexis, conf.	4	16	7	55	7	38	10	6
18	l.	s. Arnould, év.	4	17	7	54	8	49	10	22
19	m.	s. Vincent de P.	4	18	7	53	10	2	10	38
20	m.	ste. Marguerite	4	20	7	52	11	15	10	54
21	j.	s. Victor, m.	4	21	7	51	0	30 Soir.	11	11
22	v.	ste Marie-Mag.	4	22	7	50	1	49 Soir.	11	32
23	s.	s. Apollinaire.	4	23	7	49	3	13	Matin.	
24	D.	ste. Christine.	4	24	7	48	4	38	0	0
25	l.	s. Jacq. et s. Ch.	4	25	7	47	5	58	0	38
26	m.	ste. Anne.	4	26	7	46	7	6	1	29
27	m.	s. Désiré, év.	4	28	7	44	7	58	2	37
28	j.	s. Nazaire.	4	29	7	43	8	37	3	59
29	v.	ste. Marthe, v.	4	31	7	42	9	5	5	27
30	s.	s. Abdon, m.	4	32	7	40	9	26	6	53
31	D.	s. Ignace de L.	4	33	7	38	9	43	8	16

AOUT. *Signe*, la Vierge. ♍

D. Q. le 4, à 7 h. 20' du matin. *Apogée le 8.*
N. L. le 12, à 11 h. 21' du matin.
P. Q. le 19, à 10 h. 25' du soir. *Périgée le 26.*
P. L. le 26, à 1 h. 49' du soir.

JOURS, DATES et Noms des Saints.			Lev. du S.		Cou du S.		Lever de la L.		Couch. de la L.	
			H.	M.	H.	M.	H.	M.	H.	M.
1	l.	s. Pierre ès-L.	4	35	7	37	9	59	9	33
2	m.	N.D. des Anges	4	36	7	35	10	15	10	48
3	m.	Inv. s. Etienne	4	37	7	34	10	31	0	2
4	j.	s. Dominique.	4	38	7	33	10	51	1	13
5	v.	N.D. aux Neig.	4	39	7	31	11	14	2	22
6	s.	Tr. de N. Seig.	4	41	7	30	11	44	3	31
7	D.	s. Gaëtan de T.	4	42	7	28	Matin.		4	36
8	l.	s. Cyriaque.	4	44	7	26	0	21	5	33
9	m.	s. Romain, m.	4	45	7	24	1	8	6	21
10	m.	s. Laurent, ar.	4	47	7	23	2	5	7	0
11	j.	ste. Susanne, v.	4	48	7	21	3	11	7	30
12	v.	ste. Claire, v.	4	49	7	19	4	21	7	53
13	s.	s. Hypol. *V.J.*	4	50	7	18	5	30	8	12
14	D.	s. Eusèbe.	4	52	7	16	6	40	8	29
15	l.	ASSOMPTION	4	54	7	14	7	52	8	44
16	m.	s. Roch, conf.	4	55	7	12	9	4	8	59
17	m.	s. Mammez, m.	4	57	7	10	10	19	9	15
18	j.	ste. Hélène.	4	57	7	8	11	36	9	34
19	v.	ste. Thècle.	4	59	7	6	0	57	9	58
20	s.	s. Bernard, ab.	5	1	7	5	2	18	10	31
21	D.	ste Franç. de C	5	2	7	3	3	38	11	15
22	l.	s. Simphorien.	5	4	7	1	4	50	Matin.	
23	m.	s. Philippe B.	5	5	6	59	5	48	0	14
24	m.	s. Barthélémi.	5	6	6	57	6	30	1	29
25	j.	s. Louis, Roi.	5	8	6	55	7	2	2	55
26	v.	s. Zéphirin, pa.	5	10	6	53	7	26	4	23
27	s.	s. Césaire d'Arl.	5	11	6	51	7	45	5	47
28	D.	s. Augustin, év.	5	12	6	49	8	2	7	8
29	l.	Déc. des J.-B.	5	14	6	47	8	17	8	26
30	m.	ste. Rose de L.	5	15	6	45	8	34	9	41
31	m.	s. Raymond N.	5	16	6	43	8	53	10	55

SEPTEMBRE. *Signe*, la Balance. ♎

D. Q. le 2, à 11 h. 57' du soir. *Apogée le 5.*
N.. le 11, à 0 h. 52' du matin.
P. Q. le 18, à 4 h. 28' du matin.
P. L. le 24, à 11 h. 57' du soir.. *Périgée le 20.*

JOURS , DATES et Noms des Saints.			Lev. duS.		Cou. duS.		Lever. delaL.		Couch. delaL.	
			H.	M.	H.	M.	H.	M.	H.	M.
1	j.	s. Gilles, abbé.	5	18	6	41	9	Soir 15	0	Soir 6
2	v.	s. Etienne, Roi.	5	19	6	39	9	41	1	19
3	s.	ste. Séraphie.	5	21	6	37	10	15	2	25
4	D.	ste. Rosalie, v.	5	22	6	35	10	59	3	24
5	l.	s. Bertin, abb.	5	24	6	33	11	53	4	15
6	m.	s. Zacharie, p.	5	25	6	31	Matin.		4	57
7	m.	ste. Reine, v.	5	27	6	29	0	56	5	31
8	j.	*Nat. de N. D.*	5	28	6	27	2	5	5	57
9	v.	s. Omer, év.	5	29	6	24	3	16	6	18
10	s.	s. Nicol. de T.	5	31	6	22	4	28	6	36
11	D.	ss. Prote et H.	5	32	6	20	5	41	6	52
12	l.	s. Guidon, c.	5	33	6	18	6	54	7	8
13	m.	s. Aimé, arch.	5	35	6	16	8	8	7	23
14	m.	Exalt. deste. C.	5	36	6	14	9	25	7	41
15	j.	s. Emile.	5	37	6	12	10	47	8	3
16	v.	ste. Euphémie.	5	39	6	10	0	Soir 10	8	33
17	s.	s. Lambert, év.	5	40	6	7	1	30	9	12
18	D.	ste. Sophie, m.	5	42	6	5	2	43	10	4
19	l.	s. Janvier, év.	5	44	6	3	3	44	11	12
20	m.	s. Eustache, m.	5	45	6	1	4	30	Matin.	
21	m.	s. Matth. 4 *T.*	5	46	6	59	5	4	0	33
22	j.	s. Maurice.	5	48	5	57	5	29	1	58
23	v.	s. Lin, p. 4 *T.*	5	49	5	54	5	49	3	23
24	s.	N. D. de la M 4 *T.*	5	51	5	52	6	6	4	45
25	D.	s. Firmin, év.	5	53	5	50	6	21	6	3
26	l.	ste. Justine, v.	5	54	5	48	6	37	7	18
27	m.	ss. Côme et D.	5	55	5	46	6	55	8	33
28	m.	s. Wenceslas.	5	57	5	44	7	15	9	48
29	j.	Déd. des. Mic.	5	58	5	42	7	40	11	1
30	v.	s. Jérôme, pr.	6	0	5	40	8	12	0 S. 11

OCTOBRE. *Signe*, le Scorpion. ♏

D. Q. le 2, à 6 h. 51′ du soir. *Apogée le 2.*
N. L. le 10, à 1 h. 38′ du soir. *Périgée le 15.*
P. Q. le 17, à 10 h. 34′ du matin.
P. L. le 24, à 1 h. 13′ du soir. *Apogée le 30.*

JOURS, DATES et Noms des Saints.			Lev. duS		Cou. duS		Lever delaL.		Couch. delaL.	
			H. M.		H. M.		H.	M.	H.	M.
1	s.	ss. Remi et P.	6	1	5	38	8	Soir. 52	1	Soir. 6
2	D.	Les ss. Anges g.	6	2	5	35	9	42	2	11
3	l.	s. Denis, mart.	6	4	5	33	10	42	2	56
4	m.	s. François d'A.	6	6	5	32	11	48	3	32
5	m.	s. Placide, conf.	6	7	5	20	Matin.		4	0
6	j.	s. Bruno, conf.	6	8	5	27	0	57	4	22
7	v.	s. Marc, pape.	6	10	5	25	2	8	4	41
8	s.	ste. Brigitte, v.	6	12	5	23	3	22	4	57
9	D.	s. Ghislain, év.	6	13	5	21	4	36	5	12
10	l.	s. Françoise de B.	6	14	5	19	5	51	5	28
11	m.	s. Gomer, conf.	6	16	5	17	7	9	5	46
12	m.	s. Maximilien.	6	18	5	15	8	30	6	6
13	j.	s. Edouard, R.	6	19	5	13	9	54	6	32
14	v.	s. Calixte, p. m.	6	20	5	11	11	17	7	8
15	s.	ste. Thérèse, v.	6	22	5	9	0	Soir. 34	7	57
16	D.	s. Martinien.	6	24	5	7	1	Soir. 39	9	2
17	l.	s. Florentin, év.	6	25	5	5	2	28	10	18
18	m.	s. Luc, évang.	6	26	5	3	3	5	11	41
19	m.	s. Pierre d'Alc.	6	28	5	1	3	33	Matin.	
20	j.	s. Caprais, m.	6	30	4	59	3	54	1	4
21	v.	ste. Ursule.	6	32	4	58	4	11	2	24
22	s.	s. Mellon, év.	6	33	4	56	4	26	3	43
23	D.	s. Séverin, év.	6	34	4	54	4	42	4	59
24	l.	s. Magloire, év.	6	36	4	52	4	59	6	14
25	m.	ss. Crépin. et C.	6	37	4	50	5	17	7	28
26	m.	s. Evariste, pr.	6	39	4	48	5	40	8	42
27	j.	s. Frumence.	6	41	4	46	6	9	9	54
28	v.	ss. Simon et J.	6	42	4	45	6	45	11	1
29	s.	s. Narcisse, p.	6	44	4	43	7	31	0	Soir. 1
30	D.	s. Lucain, m.	6	46	4	42	8	27	0	Soir. 50
31	l.	s. Quentin *V. J.*	6	48	4	40	9	30	1	30

NOVEMBRE. *Signe le Sagittaire.* ↗

☽ D. Q. le 1, à 2 h. 48' du soir.
◉ N. L. le 9, à 1 h. 44' du matin. *Périgée le 11.*
☽ P. Q. le 15, á 6 h. 0' du soir.
☽ P. L. le 23, à 5 h. 40' du matin. *Apogée le 27.*

JOURS, DATES et Noms des Saints.			Lev. du S	Cou. du S	Lever de la L.		Couch. de la L	
			H. M.	H. M.	H.	M.	H.	M.
1	m.	TOUSSAINT.	6 49	4 38	10	Soir 39	2	Soir 3
2	m.	*Com des Morts*	6 50	4 37	11	Soir 48	2	25
3	j.	s. Hubert, év.	6 52	4 35	Matin.		2	44
4	v.	s. Charles B.	6 54	4 33	1	0	3	2
5	s.	s. Zacharie, p.	6 55	4 32	2	13	3	17
6	D.	s. Léonard, c.	6 57	4 30	3	28	3	32
7	l.	s. Ernest, évêq.	6 59	4 29	4	44	3	48
8	m.	Les 4 SS. cour.	7 0	4 27	6	4	4	6
9	m.	s. Mathurin, c.	7 2	4 26	7	29	4	30
10	j.	s. Juste, évêq.	7 3	4 24	8	55	5	4
11	v.	s. Martin, arc.	7 5	4 23	10	19	5	51
12	s.	s. René, évêq.	7 6	4 21	11	32	6	52
13	D.	s. Homobon, c.	7 8	4 20	0	Soir 28	8	7
14	l.	s. Albéric, év.	7 10	4 19	1	Soir 10	9	29
15	m.	s. Eugène, év.	7 12	4 18	1	39	10	53
16	m.	s. Edmond, ar.	7 13	4 17	2	1	Matin.	
17	j.	s. Grégoire, év.	7 14	4 15	2	19	0	13
18	v.	s. Odon, abbé.	7 15	4 14	2	35	1	31
19	s.	ste. Elisabeth.	7 17	4 13	2	49	2	46
20	D.	s. Félix de Val.	7 19	4 12	3	5	4	0
21	l.	Prés. de N.-D.	7 20	4 11	3	23	5	14
22	m.	ste. Cécile, v.	7 22	4 10	3	44	6	27
23	m.	s. Clément, p.	7 24	4 10	4	9	7	39
24	j.	ste. Flore, v.	7 25	4 9	4	42	8	48
25	v.	ste. Catherine.	7 26	4 8	5	25	9	50
26	s.	s. Pierre d'Al.	7 28	4 7	6	17	10	44
27	D.	*Avent.*	7 29	4 6	7	16	11	28
28	l.	s. Sosthène.	7 30	4 5	8	22	0	Soir 2
29	m.	s. Saturnin.	7 32	4 5	9	31	0	Soir 27
30	m.	s. André, ap.	7 33	4 4	10	41	0	48

DÉCEMBRE. *Signe*, le Capricorne. ♑

D. Q. le 1, à 10 h. 21′ du matin.
N. L. le 8, à 2 h. 9′ du soir. *Périgée le 9.*
P. Q. le 15, à 4 h. 1′ du matin. *Apogée le 25*
P. L. le 23, à 0 h. 25′ m. D. Q. le 31, à 4 h. 2′ m.

JOURS, DATES et Noms des Saints.			Lev. duS.		Cou. duS.		Lever delaL.		Couch. delaL.	
			H.	M.	H.	M.	H.	M.	H.	M.
1	j.	s. Eloi , év.	7	34	4	4	11 S.	51	1 Soir.	11
2	v.	ste. Bibiane.	7	36	4	4	Matin.		1	21
3	s.	s. Franc. Xav.	7	37	4	3	1	4	1	36
4	D.	ste. Barbe , v.	7	38	4	3	2	18	1	52
5	l.	s. Sabbas , ab.	7	40	4	2	3	34	2	9
6	m.	s. Nicolas, év.	7	41	4	2	4	56	2	30
7	m.	s. Ambroise.	7	42	4	2	6	22	2	59
8	j.	*Conc. de N. D.*	7	43	4	1	7	50	3	38
9	v.	ste. Léocadie.	7	44	4	1	9	12	4	34
10	s.	ste. Valère, v.	7	45	4	1	10	18	5	46
11	D.	s. Damase, p.	7	46	4	1	11	6	7	9
12	l.	ste. Constance.	7	47	4	1	11	41	8	35
13	m.	ste Luce, v. m.	7	48	4	1	0 Soir.	7	10	0
14	m.	s. Nicaise. 4 T.	7	49	4	1	0	26	11	21
15	j.	s. Mesmin, ab.	7	49	4	1	0	43	Matin.	
16	v.	s. Adélaïde. 4 T.	7	50	4	2	0	59	0	38
17	s.	ste. Olymp4 T.	7	51	4	2	1	14	1	51
18	D.	s. Gatien , év.	7	52	4	2	1	30	3	3
19	l.	s. Timothé, d.	7	52	4	2	1	49	4	15
20	m.	s. Philogone, é.	7	53	4	3	2	3	5	27
21	m.	s. Thomas, ap.	7	53	4	3	2	44	6	39
22	j.	s. Flavien , év.	7	54	4	4	3	24	7	45
23	v.	ste Victoire, v.	7	54	4	4	4	12	8	41
24	s.	s. Delphin V. J.	7	55	4	5	5	10	9	27
25	D.	NOEL.	7	55	4	6	6	14	10	3
26	l.	*s. Etienne,* m.	7	55	4	7	7	21	10	31
27	m.	s. Jean, évang.	7	56	4	7	8	30	10	53
28	m.	ss. Innocens,	7	56	4	8	9	39	11	11
29	j.	s. Thomas de C.	7	56	4	9	10	48	11	26
30	v.	s. Sabin, év.	7	56	4	10	11	58	11	41
31	s.	s. Sylvestre.	7	56	4	11	Matin.		11	56

OBSERVATIONS SUR L'ANNÉE.

ANNÉES

1836. De N. S. J.-C. et contient 365 jours.

5836. Depuis le commencement du Monde, d'après la chronologie d'Ussérius qui fixe l'ère chrétienne, à l'an 4004 du Monde.

4180. Depuis le Déluge universel d'après Ussérius.

1803. Depuis la Mort et Résurrection de N. S. J. C.

6549. De la période Julienne.

2589. De la fondation de Rome, selon Varron.

2583. Depuis l'ère de Nabonassar, fixée au 26 Février 3967 de la période Julienne, ou 747 ans avant J.-C. selon les chronologistes, et 746 suivant les astronomes.

2612. Des Olympiades, ou la 4e année de la 653e Olympiade, commençant en Juillet 1836, en fixant l'ère des Olympiades 775 1/2 ans avant J.-C., ou vers le 1er Juillet de l'an 3938 de la période Julienne.

254. De la Correction Grégorienne.

1251. Des Turcs a commencé le 29 Avril 1835, et finira le 17 Avril 1836, selon l'usage de Constantinople.

ECLIPSES.

Il y aura cette année deux Eclipses partielles de Lune invisibles à Paris, et deux Eclipses partielles de Soleil, dont une visible à Paris.

La première Eclipse partielle de Lune invisible à Paris aura lieu le 1 Mai.

La première Eclipse partielle de Soleil visible à Paris, aura lieu le 15 Mai.

Commencement de l'Eclipse à 2 h. 6 m. du soir ; milieu ou instant de la plus grande obscurité à 3 h. 33 m. ; conjonction apparente à 3 h. 34 m. ; fin de l'Eclipse à 4 h. 52 m. ; grandeur de l'Eclipse, 4 doigts 1/2 dans la partie boréale.

La seconde Eclipse partielle de Lune, invisible à Paris, aura lieu le 24 Octobre.

La seconde Eclipse partielle de Soleil, invisible à Paris, aura lieu le 9 Novembre.

TABLE DES MARÉES DE 1836.

Mois.	Jours et heures de la Syzygie.	Hauteur
Janv.	P. L. le 4, à 1 h. 13′ du m.	0,73
	N. L. le 18, à 8 h. 37′ du m.	0,97
Février	P. L. le 2, à 6 h. 59′ du s.	0,83
	N. L. le 16, à 8 h. 27′ du s.	0,98
Mars.	P. L. le 3, à 10 h. 1′ du m.	0,96
	N. L. le 17, à 9 h. 13′ du m.	0,98
Avril.	P. L. le 1, à 10 h. 16′ du s.	1,05
	N. L. le 15, à 11 h. 12′ du s.	0,90
Mai.	P. L. le 1, à 8 h. 7′ du m.	1,04
	N. L. le 15, à 2 h. 16′ du s	0,78
	P. L. le 30, à 4 h. 9′ du s.	0,97
Juin.	N. L. le 14, à 5 h. 46′ du m.	0,70
	P. L. le 28, à 11 h. 6′ du s.	0,92
Juillet	N. L. le 13, à 8 h. 58 du s.	0,71
	P. L. le 28, à 5 h. 56′ du m.	0,96
Août.	N. L. le 12, à 11 h. 21′ du m.	0,80
	P. L. le 26, à 1 h. 49′ du s.	1,02
Sept.	N. L. le 11, à 0 h. 52′ du m.	0,93
	P. L. le 24, à 11 h. 57′ du s.	1,02
Octob.	N. L. le 10, à 1 h. 38′ du s.	1,01
	P. L. le 24, à 1 h. 13′ du s.	0,92
Nov.	N. L. le 9, à 1 h. 44′ du m.	1,00
	P. L. le 23, à 5 h. 40′ du m.	0,79
Déc.	N. L. le 8, à 1 h. 9′ du s.	0,94
	P. L. le 23, à 0 h. 25′ du m.	0,71

On a remarqué dans nos ports que les plus hautes marées suivent d'un jour et demi la nouvelle et pleine Lune. Ainsi, on aura l'époque où elles arrivent, en ajoutant un jour et demi à la date des Syzygies. On voit par ce tableau que les plus fortes Marées de l'année 1836 sont peu considérables : les plus grandes sont celles du 3 Avril, du 2 Mai, du 28 Août, du 26 Septembre et du 12 Octobre.

LA FIANCÉE D'APPENZELL.

MÉLODIE SUISSE.

MUSIQUE D'A. PANSERON.

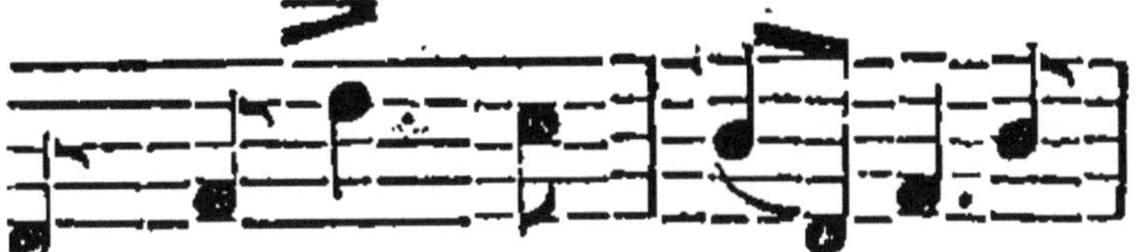

jet de ma ten - dres-se M'as -
su - re de sa foi ! C'est
bien le moins vo - la - ge Des
Bergers du vil - - -
la - ge ; Il m'aime sans par-

ta - ge   Et n'aimera   que
moi ! Ve - nez , ô   mes com-
pagnes ! Ve-nez, voi - ci mon
plus beau jour. Ve-nez sur nos montagnes ,   Ve-nez chanter l'a -

Demain ma tendre mère
En qnittant sa chaumière,
M'offrira la première

Mille cadeaux charmans.
Demain dans la prairie,
Pour moi toute fleurie ,
Bachelette jolie
Enviera mes rubans.
Venez , etc.
Adieu riant bocage ,
Discret et frais ombrage ,
Où , sous le vert feuillage ,
J'allais rêver le soir.
Adieu fleurs et verdure ,
Ruisseaux au doux murmure ,
Adieu belle nature ,
Je reviendrai vous voir.
Venez , etc.

LA

MÉMOIRE COURTE.

En sa mémoire un bon Anglais
N'ayant pas confiance entière,
Sur ses tablettes , à Calais,
Mit cette note singulière :
« Tâcher de ne point oublier
Qu'à mon passage à Tours je dois
    me marier ! »

LES ON DIT.

CHANSONNETTE.

Air : *Bonjour, mon ami Vincent.*

Depuis bientôt cinquante ans,
J'ai vu changer tant de choses
Que chaque jour je m'attends
A quelques métamorphoses.
On dit qu'avant peu toutes nos cités
Auront moins d'impôts que de liber-
tés ;
On dit aussi qu'en lit de roses
La paille du pauvre un jour changera ;
Qu'un roi pour cela
Gratis régnera...
Je ne suis pas curieux, mais j'vou-
drais voir ça.

On dit qu'un jeune *dandy*
N'aura plus des os sans moelles,
Qu'un savant en plein midi
Nous fera voir des étoiles ;
Le blé dans les champs pouss'ra tout
pétri,

Le gibier du ciel tomb'ra tout rôti
On dit que sans pilote et sans voiles
Le vaisseau d'l'état au port entrera ;
Le sourd l'entendra ,
L'aveugl' le verra....
Je n'suis pas curieux, mais j'voudrais
voir ça.

On dit que d'un grand écot
La carte sera plus franche,
Qu'à l'avenir du gigot
Nous n'aurons pas que le manche
J'usqu'a ce moment, le fait est certain,
On nous à promis plus de beurr' que
d' pain.
On dit qu'au peuple le dimanche
Pour son pot au feu rien ne manquera;
La poul' qu'il aura
Lui seul la plum'ra.
Je n'suis pas curieux mais j'voudrais
voir ça.

Quel bonheur on nous promet
Depuis qu'la vendange est faite !
On dit que l'Beaune au gourmet
N'arriv'ra plus en feuillette ;
L'eau des Innocens va s'changer en
vin.

L'canal Saint-Martin s'ra du Cham-
bertin.
On dit que le vin d'la comète
Sera d'la piquette auprès de c'jus-là;
Tout l'monde en puis'ra,
Tout l'monde en boira...
Je n'suis pas curieux, mais j'voudrais
voir ça.

On dit que d'un art divin
On va purger les cloaques,
Que Corneille et Poquelin
Ne seront plus des patraques.
On dit que l'épouse à des jeux décens
Pourra, sans rougir, mener ses enfans,
Et que pour racheter les claques
Dont on honora Lucrèc'Borgia,
On rapplaudira
Tartufe et Cinna....
Je n'suis pas curieux, mais j'voudrais
voir ça,

QUE PEU DE CHOSE

FAIT PLAISIR.

CHANSONNETTE.

AIR : *Ce que j'éprouve en vous voyant*

Il me souvient de l'heureux temps
Qui fuit avec tant de vîtesse,
Où la plus légère caresse
Donnait l'éveil à mes quinze ans,
Et m'offrait de si doux momens.
Je vieillis : mon cœur se repose
Sur cet aimable souvenir :
C'était pourtant bien peu de chose ;
Mais que cela faisait plaisir !

Lise, la reine du hameau,
A mes yeux s'offrit la première ;
Je la suivis dans sa chaumière ;
Elle n'aimait qu'un jeune agneau,
Je briguais un destin si beau ;
J'hésitais, ma bouche était close,
Un doux regard vint m'enhardir :
C'était pourtant bien peu de chose ;
Mais que cela faisait plaisir !

Quand le tambourin résonnait,
Ma belle courait à la danse.
J'avais toujours la préférence :
Il m'en souvient, on maudissait
Le choix que ma Lise faisait ;
Dans la plus favorable pose
Mes bras l'enlaçaient à loisir :
C'était pourtant bien peu de chose ;
Mais que cela faisait plaisir !

Un soir dans nos jeux innocens,
Je pris à ma charmante amie,
Tout près de sa mère endormie,
Un baiser des plus ravissans
Qui porta le trouble en mes sens ;
Je pris encore…. ici, je n'ose
Publier ce doux souvenir !
C'était pourtant bien peu de chose ;
Mais que cela faisait plaisir !

L'AMOUR ET L'AMITIÉ.

CHANSON.

AIR : *de la romance de* Téniers.

DES cœurs touchante sympathie,
Tendre amour, sensible amitié,
Tous deux tour-à-tour de la vie
Embellissez une moitié.
Si l'amour souvent nous enflamme,
Aux ans de la belle saison,
L'amitié vient rajeunir l'âme
Quand l'âme a mûri la raison.

Ainsi qu'une flamme légère,
L'amour fuit, meurt en peu d'instans,
Et l'amitié, moins passagère,
Seule, échappe à la faulx du Temps.
Pleins d'une vive et douce ivresse,
Deux amans s'aimaient aux beaux
        jours ;
Mais l'amitié, de la vieillesse
Leur aide à terminee le cours.

Du plaisir enfant éphémère,
L'amour fuit avec le bonheur ;
Mais si l'amitié nous est chère ,
C'est surtout au sein du malheur ;
De la rose image parfaite ,
L'un se plaît auprès des grandeurs ;
Comme la simple violette ,
L'autre se cache sous des fleurs.

LE MIROIR ET LE PORTRAIT.

CHANSON SÉRIEUSE.

AIR : *A boire je passe ma vie.*

JE le tiens, ce portrait fidèle,
Rendu par un perfide amant ;
Qu'il est joli !.... mais j'étais belle ,
Bien aussi belle.... assurément !
Je sortais alors de l'enfance,
A quinze ans je crois me revoir ;
Mais déjà... quelle différence/ } *bis.*
De mon portrait à mon miroir !

Voilà ma friponné d'oreille,
Mes blonds cheveux, mes yeux d'azur,
Ma bouche mignonne et vermeille,

Et mon teint si frais et si pur !
C'est bien là mon air d'innocence
Dont j'ignorais l'heureux pouvoir...
Aujourd'hui, quelle différence
De mon portrait à mon miroir !

Voilà mon bras, mon cou d'ivoire,
Ma taille svelte et faite au tour,
Dont l'Hymen attendait sa gloire,
Mais que déjà guettait l'Amour ;
Et ces appas dont l'espérance
Se laissait à peine entrevoir....
Mais, grand Dieu, quelle différence
De mon portrait à mon miroir !

Lorsque le portrait d'une Belle
Semble éterniser son printemps,
Son miroir, moins galant pour elle,
Suit les fâcheux progrès du temps ;
Toute coquette, avec prudence,
Doit donc bannir de son boudoir,
De peur de les voir en présence,
Ou son portrait, ou son miroir.

LE PAGE.

J'ai quitté le village;
Et ma mère et ma sœur,
Pour être premier page,
Page de Monseigneur.
Quelle noble opulence
Dans ce vaste château !
Que de magnificence !
Que tout m'y semble beau !
Et pourtant je regrette,
Je regrette, en secret,
La chaumière qu'Annette
Avec nous habitait.

Le matin dans la plaine,
Sur mon blanc destrier,
Je suis la châtelaine,
Et lui sers d'écuyer.
Dieux ! que j'ai bonne mine
En pourpoint de velours,
Quand l'or sur ma poitrine
Brille en mille contours ;

Et pourtant je regrette,
Je regrette, en secret,
La fleur des champs qu'Annette
Tout les jours y plaçait.

Le soir, pour nous distraire,
Châtelaine parfois
Sur sa harpe légère
D'Amour redit les lois.
Voix fraîches et jolies
Répètent ses accents.....
Leurs douces mélodies
Enivrent tous mes sens ;
Et pourtant je regrette,
Je regrette, en secret,
La simple chansonnette
Qu'Annette me chantait.

Dame de haut lignage,
Que je nose nommer,
M'a dit un soir : « Beau page,
Ne veux-tu pas m'aimer ?
Je veux être ta dame,
Et de dons amoureux
Saurai payer ta flame ! »
Je devrais être heureux...
Et pourtant je regrette,

Je regrette, en secret,
Le seul baiser qu'Annette
En partant me donnait.

A ELLE.

ROMANCE.

AIR : *Du premier Prix.*

TA bouche proscrit la tendresse ;
Mais tes yeux savent l'exprimer.
Tu ne veux point aimer, traîtresse,
Pourquoi veux-tu te faire aimer !
Si je prends ton joli corsage,
Si j'ose presser ton genou,
Ta bouche me dit d'être sage,
Tes yeux me disent d'être fou.
Ah ! j'en crois ces yeux que j'adore,
J'en crois le trouble de tes sens,
Ce front charmant qui se colore,
A mon aspect, à mes accens.
Par ta cruelle résistance
N'effarouche plus les amours,
Et quand je crois à ton silence ,
Crois donc enfin à mes discours !

LA FILLE SAGE.

CHANSONNETTE DIALOGUÉE

LE SEIGNEUR.

O jeune fille,
Fraîche et gentille,
Ton œil pétille
Des plus doux feux ;
Reçois ce gage !
Qu'Amour t'engage !
Loin du village,
Fuyons tous deux !

LA FILLE.

Non, non, beau sire,
Qu'osez-vous dire ?
Vous voulez rire....
Soit, je rirai ;
Mais, libre et fière,
Dans ma chaumière
Ma vie entière
Je passerai.

LE SEIGNEUR.

Rigueur futile,
Sois plus docile !
Viens à la ville !
Riches atours,
Joyaux , dentelle,
Toi, déjà belle,
Te feront telle
Que les Amours,

LA FILLE.

Douleur amère
Suit la chimère ;
Ai pour ma mère
Assez d'attraits ;
Et la nature
Fleurie et pure
De ma pature
Fait tous les frais.

LE SEIGNEUR.

Tapis superbe.
Plus doux que l'herbe,
Lustres en gerbe ,
Fleurs en festons,

Rendront ta vie
Digne d'envie ?...
Es-tu ravie ?...
Vite, partons !

LA FILLE.

Chut !... la musette
Déjà répète
La chansonnette
Sous le tilleul ;
Le rond s'agite,
Thibaut m'invite,
J'y cours bien vite...
Partez tout seul !

L'AVEU.

Ah ! connaissez votre pouvoir !
De dépit Vénus en soupire ;
Et moi, qui sans péril, me flattais de
vous voir,
Vaincu par votre doux sourire,
Je brûle ; et près de vous, quand je
veux vous le dire,
L'aveu sur mes lèvres expire.

VOUS N'ÊTES PLUS JALOUX.

CHANSONNETTE.

Air : *Dans un grenier*, etc.

Venez ici, monsieur, que je
    vous gronde !
Depuis long-temps, vraiment, vous
    m'affligez ;
Ne suis-je plus votre charmante
    blonde ?
Je m'aperçois que vous me négli-
    gez.
Vous me laissez agir tout à ma guise,
Impunément on me fait les yeux
    doux,
Cher Edouard parlez avec franchise,
Dites ! pourquoi n'êtes-vous plus
    jaloux ?

Lorsque jadis nous allions au
    spectacle,
Si quelque fat me regardait long-
    temps,

Changeant de place afin d'y mettre
    obstacle ,
Vous me disiez : c'est un de vos
    amans.
Si maintenant pour faire ma con-
    quête
Un beau garçon me touche les ge-
    noux ,
Sans vous fâcher vous détournez la
    tête....
Ah ! je le vois , vous n'êtes plus
    jaloux.

Quand nous allions danser à l'Her-
    mitage ,
Si par hasard on venait m'inviter ,
Comme Otello vous faisiez du ta-
    page ;
Si j'acceptais vous vouliez me
    quitter.
Mais à présent rien ne vous rend
    maussade ,
Je puis valser sans vous mettre en
    courroux ,
Vous me laissez danser la galop-
    pade....
Ah ! pourquoi donc n'êtes - vous
    plus jaloux ?

Non , maintenant auprès de votre
   amie
Vous n'êtes plus ni tendre ni galant;
Tout a passé , l'amour , la jalousie,
Et les douceurs du raccommode-
   ment.
Que faire , hélas ! pour que cela
   revienne ?
Faut-il donner de galans rendez-
   vous ?
Eh ! bien , monsieur , j'en donne-
   rai sans peine ,
Je veux encor que vous soyez jaloux.

COUPLETS

DE LESTOCQ.

C'EST le plaisir qui vous invite ,
Venez à ce banquet joyeux
Répéter le chant moscovite
Si cher à vos nobles aïeux !
Saint Nicolas, patron de la Russie
Veille sur nous, et donne en tous
   les temps
La gloire à notre patrie
Et la mort à ses tyrans !

Le Moscovite est misérable,
Ses maîtres enchaînent son bras ;
Mais dans les maux dont on l'acca-
    ble
Il sait attendre et dit tout bas :
Saint Nicolas, etc.

Et vous dont le cœur doit m'enten-
        dre.
Lorsqu'à la honte on vous conduit,
Est-il besoin de plus attendre ?
C'est l'honneur qui parle et vous
        dit :
Braves soldats, soutiens de la Rus-
        sie,
Votre valeur peut donner en tout
        temps
    La gloire à notre patrie
    Et la mort à ses tyrans.

LA HAINE D'UNE FEMME.

ROMANCE.

AIR : *Daigne écouter,* etc.

PREMIER objet de ma vive ten-
dresse,
Que je voudrais à présent te haïr !
Je hais du moins ce moment de fai-
blesse
Qui dans tes bras m'enivra de plaisir.

Je hais le jour où tu me dis je t'aime.
Je hais celui qui te fit mon vainqueur ;
Je hais surtout, ingrat, l'amour
extrême
Qui règne encore dans le fond de
mon cœur.

Je hais ton air, ton regard, ton sou-
rire ;
Je hais ton nom, trop perfide Fodor ;
Mais, je le sens, hélas ! et j'en sou-
pire,
J'aimerais tout, si tu m'aimais encor.

HEUREUX ET BIENHEUREUX.

VAUDEVILLE.

AIR: *Pourquoi l'avez-vous réveillé?*

Hélas! je suis bien misérable!
Criait un homme aveugle et sourd ;
Et sur le sort du pauvre diable
Chacun pérorait à son tour.
C'est un triste destin sans doute ;
Mais cependant, en plus d'un cas,
On est heureux de n'y voir goutte,
Bienheureux de n'entendre pas.

Prenez fille économe et sage :
Je ne vous donne pas huit jours
Pour voir votre bien au pillage,
Pour entendre gronder toujours.
Sachant ce qu'une épouse coute
De patience et de ducats,
Je dis : Heureux qui n'y voit goutte,
Et bienheureux qui n'entend pas !

Dans notre siècle, le génie,
Grâce au ciel, se fourre partout....
Chacun fait de la poésie,
On croque, on dessine, on peint tout
Forcé de voir plus d'une croute,
D'écouter des vers lourds et plats,
Je dis : Heureux qui n'y voit goutte,
Et bienheureux qui n'entend pas !

Qu'il est beau le champ de bataille
Qu'on a conquis par sa valeur !
Au bruit affreux dé la mitraille,
Succèdent les chants du vainqueur;
Mais si l'on sonne la déroute,
Quand tout fuit, généraux, soldats,
Alors, heureux qui n'y voit goutte,
Et bienheureux qui n'entend pas !

En voyant les traits de Sylvie,
Qui n'a senti battre son cœur ?
Parle-t-elle, l'âme ravie
Rêve d'amour et de bonheur.
Mais Sylvie est froide, et je doute
Que son cœur puisse aimer...hélas !
Près d'elle, heureux qui n'y voit
          goutte,
Et bienheureux qui n'entend pas !

VIVONS EN PAIX!

CHANSONNETTE.

AIR : *Amis voici la riante semaine.*

Naguère encore , Amour ,
    Plaisir , Folie ,
D'un long espoir berçaient nos jeu-
    nes ans ;
C'était le temps où la terre embellie
Semblait briller des reflets du prin-
    temps ;
Mais les frimas vont blanchir notre
    tête ;
L'été , déjà , quitte son front
    joyeux :
Ils sont si courts , nos heureux
    jours de fête !
Vivons en paix ! demain nous se-
    rons vieux.

Des faux plaisirs le torrent nous
    entraîne ,
Nous dépensons la vie en un matin ;

La volupté, dangereuse sirène,
Hâte pour nous les arrêts du destin:
Ce faux attrait de fausses jouissan-
    ces,
A notre hiver et froid et pluvieux
N'apportera qu'un surcroît de souf-
    frances :
Vivons en paix ! demain nous se-
    rons vieux.

Dans tous les cœurs, je vois ger-
    mer l'intrigue,
L'ambition trouble notre sommeil,
Bonheur d'autrui nous pèse et nous
    fatigue,
Nous voulons seuls une place au
    soleil,
Rappelons-nous que jadis Diogène
Ne voulut rien d'un roi victorieux !
Pour amasser, à quoi bon tant de
    gêne ?
Vivons en paix ! demain nous se-
    rons vieux.

Combien, hélas ! pour aller à la
    gloire,
Usent bien vite et repos et santé !
De peu d'élus le burin de l'Histoire

Grave les noms pour la postérité ;
Même après eux, leur immortel
        génie,
En butte aux traits du Zoïle envi-
        eux,
Voit ses lauriers étouffés sous l'or-
        tie :
Vivons en paix ! demain nous se-
rons vieux.

LA FILLE DU PÊCHEUR.

ROMANCE.

AIR : *de Téniers.*

O ciel ! j'entends gronder l'orage ;
Dieu soit en aide aux matelots !
Mais que vois-je... loin de la plage.
Mon père à la merci des flots !....
Ah ! prends pitié de sa misère,
Vierge sainte, vierge d'amour,
Pour seul appui je n'ai qu'un père,
Daigne protéger son retour !

Souviens-toi divine Marie,
Qu'à ton culte ma mère en pleurs

Me vouait, en quittant la vie,
Ainsi qu'à tes blanches couleurs
Ah! prends pitié de ma misère, etc.

Déjà les vagues en furie
De sa barque frappent le bord ;
Il veut fuir la côte ennemie.
Sûr, hélas! de périr au port.
Ah! prends pitié de sa misère, etc.

La nuit s'étend sur l'onde amère,
L'œil cherche en vain le nautonnier;
Toujours la pauvre fille espère.
Elle ne cesse de prier.
Ah! prends pitié de sa misère, etc.

Plus calme, enfin le jour commence,
La mer se teint de pourpre et d'or ;
Sans crainte le pêcheur s'avance
Quand sa fille disait encor :
Ah! prends pitié de sa misère,
Vierge sainte, vierge d'amour,
Pour seul appui je n'ai que mon père,
Daigne protéger son retour !

FIN.

Lille.— Imprimerie de Vanackère fils.